わるく思わないで

井口可奈

Iguchi Kana

gendaitankasha

contents

1
だいたい夏

2
なんとなく春

3
ほんとに夏

装画
民佐穂

1　だいたい夏

微熱がある

どうしても熱がありそれは微熱で、隠せないほどではないけれど

言いすぎたことを言いすぎて謝る　守護霊がぎっしりの木苺

散文のはやさでひとに会えるならわたしがゆうれいだって意味ない？

ざんねんなことばかりが頭の中にあるそれでも夕飯は炒飯

その川を渡ってもよくなっていくはずがなくいまさらだ、愛とか

愉快だし、だから誘拐していい、と言われて拐われる三光鳥

妄想を膨らませているいつまでもそれをいろんな人に変えつつ

寝てばかりいるから夏を知らないな、雨の音だけいろいろだった

熱がつらい。チョココーティングされているアイスのチョコがぐっと動いた

四人

わたしたち、って主語をおおきくつかってることわかってて梔子の花

賛同者のすくないデモに行ってみる背中に貼られた紙がはがれる

夏の雨わかられているという気がしないんだよね。あなたたちには

誰に言うでもなく時間はかってる　アイスクリームの匙たべやすい

３５歳。とてもおおきいごま油。わたしはそれを使い切るだろう。

あなたたち（わたしたち、とあなたたちは言った）ゆっくりすべりおちる滑り台

つめたいシアター

だれも死なないうちにさよなら　海老フライ縦にしてあげなくていいのに

寝なくてもいいの。誘導尋問を甘くかわせるようになれたよ

その絵にはわたしの足が描いてありうごかそうと思えばうごかせる

つやつやのケーキそこまでつやつやじゃなくていいのに愛は暴行

ループしてまともなあなたに出会いたいどうしても鶴になってしまって

サーフボード倒してまわるみんなにはできないことができてどうする

正解はないよ　蜂の巣　すこしだけ手を握り返せるおとうさん

ともだちがいるので肩を並べてるスケープゴートにしていいよ　海

蚊がいる　フォークに叉がある　みんなのことをすこし見くだす

交差点バスが曲がっていくときのななめを見てる　せわしない夏

カップルに囲まれていて半袖のフリル振りまわしてもいいんだよ

どこまでも行きたいんでしょ剪定の飛び散る枝をくぐり抜けつつ

その家がわたしの家です　感想を言いたいなら見えないところでね

なんでこんなに暑いんだっけドトールの気をゆるしたらやられる感じ
2〜3人いればだれかは持っているバンドエイド、と思っていたよ

洗濯機まわるエリーゼのためにかもしれない曲はほそながい川

あの服みんな着てるよなって服が服屋ですこし違う色

いかにもという洗剤を使ってるひとがわたしに強くでてくる

雷は光るうえに鳴るのがすごい　セロテープを腕に巻き、剥がして

こんにちは、世界　できすぎると見失う　若干の雨なら降られなさい

このまんま波になりたい　そうなんだ、わたしは犬の服を着てたい

ふわふわと眠ることなどできなくて制服をこの世から消します！

いってきて帰る　なくなるアイスクリン　その名前で呼ぶのは誰ですか？

つけ方がわからない電気スタンド手首をこれでもかと曲げたって

くらがりになにか座っているそれはわたしでした！みたいなことじゃなく

ごめんといえばごめんが飛ぶね飛ばないようにちゃんと押さえる

学校にいっていたころわたしには幽霊がいておいてきちゃった

手のひらに流星群を描いている　きもちわるいよ、架空の星は

ええと、からはじまる話あんがいとおもしろくて手刀をさげて聞く

フードコートにあなたはいないソフトクリームをたてるための道具

速いビーム　シャンデリアの空間撃ちぬいて肖像画にほくろを増やしてく

ここに砂積むよここにも積んでみるそれが墓ではいまはまだない

背を伸ばす手術受ければ背が伸びる　生誕祭うれしいなって誰でも？

セボンスターたとえばセブンスターでも見捨てないよ日本橋は首都っぽい

韓国の化粧品わたしに読めない文字があるのは救いなのかも

なんなんだ生ハムは透けるほど薄く切るものであなたもそうなのか

こうやってひとは洗脳されていく翌朝のジャムはうそみたく甘い

喫茶店の花は造花でてんさいは甜菜糖を呼ぶための語で

ワープしないでしないで！エス・オー・エス唇を噛みすぎると血が出る

古墳にはあなたがいない　おとうさん、古墳に入ってほしい　いつかは

きのうから果実ばっかり食べている　セクシャルハラスメントに反対

冷えているジュースは１００パーセント重力がかかるくなりあなたが見えてくる

ゆっくり落ちていく花束

献花台もうけないでねわたしたち花になったらもう戻れない

背はあるよ何センチかは内緒だよそのネックレスむしりとります

ゆめ　とてもねむい　怒ってる？　サンダーなんとかっていうミニ四駆

それがチワワ、それがプードル、それがあなたの正しい思想

エブリデイ・エブリナイト　渋滞のコーヒーこぼしたのを巻き戻そう

映像

映像がなければわからなかったこと首の後ろのぎゅっとした怪我

とりのこす　あなたを　胃が引き攣れていて、グラジオラスがおおきく映る

3人がいなくなったときいている成長した3人がもういる

せまい池そんなのあってたまるかよ名前はおとうさんがつけました

なんでわたしだったんだろう

心拍がはやいわたしは生きている先端で刺す芋の煮え具合

煮え湯飲むのってこわいな車から体格のいい人が出てくる

未来みたいな曲をかけてくれてありがとう角砂糖溶かしすぎたレモンティー

おさけ飲めない　理屈通らない　わたしじゃないひとがわたしみたいに見せかけている

クリップをばらまいて海にいきたくてしかたがないよ！セミダブルベッド！

フラミンゴみたいに立っている人の体がずっと揺れている夏

先端のやわらかいペンで触った画面のほよほよしたたよりなさ

和菓子屋のわたしと遠いたたずまい愛はそこにもあるかもしれない

映画館は席が決まっていて助かる。真珠の一粒が頭より大きい

まぼろしを　階段をきみが落ちていく夏だったってたまに浮かんで

コンビニで買うコーヒーのつめたさに行こう夜は夜中へはやくなる

嗅覚がきみの手の甲かぎたがる骨のまわりにいとしさがある

さよならを言った手首のつかいかた　首を振ってる扇風機見る

あなたはわたしではないので、ゆっくりと　夏の新作入荷してます

夜にかえるわ

イートインスペース愛す中国のコンビニに花巻・水中花

そばかすをコンシーラーで隠さずにドリンクバーでたまに触って

絵本　むかしはそうだったんだよわたしも　変なところにたこのある指

果物のアレルギーいつかは冷めた目をした犬が迎えにくるよ

夏色のはさみと春色のはさみがてきとうな数補充されてる

ところてん残してどこへいったのか　わたしはところてんを触れない

移住してしまった夫婦その先でベーグルを茹でつづけてますか

町中華餃子がついてくるランチ夜になってもランチ小燕

国からの郵便あけてないハンドパワーで人を救いたいんだ

先導をされてあなたの家にいくこのまま海に着きそうで、着く

この夜がひとつしかない夜だからボードゲームの駒は簡素に

2　なんとなく春

くりかえしのミュージック

ていねいな職務質問　熱帯夜から熱帯夜へと移動する

ポップコーンをぶちまける夕方のポップコーンはありえない晴れ

アイスコーヒーだったコーヒーいつまでも入館料を安くしてほしい

手の長い猿であるから手長猿みたいに手の長かった星くん

純喫茶には純喫茶だけのにおいライトが光りっぱなしの車

ミラーボールを光らせる装置がないから光らないミラーボールだ

誠実さとはなんなのか天井にバナナが吊るされてバナナとれない

地球儀のつかいかた地球で殴るパプアニューギニアをよく狙ってよ

冷えと感覚

廊下でははしらないこと！精神はどこにもないのかもしれないね

共感覚もってる。たまにはあたらしい砂漠を見たい　ヒヤシンス冷ゆ

なにもないなら寝ているよそのことをしかられてクラッシュバンディクー

日光があぶない今日だこの斧は見えないことで斧でなくなる

散財をすればわたしのことがわかるかもしれないが、まだわからない

寄せ植えに偽ラベンダー性的に不可能なことばっかりいって

性格がよくないごめん低い滝いくまでもない滝だったよね

背中見せてくれよ花冷がひろがっていく過程わかるの

さわらないようにしている仁丹をあなたはぐちゃぐちゃさわれてすごい

声帯が話しているって気がしてるわたしじゃなくて水飲まない朝

ぶかぶかのTシャツを着るひとのではなくじぶんので過去はたまねぎ

朝方にミシン縫うとき反対の脚を踊らせて残像、みえる

レーズンのことわからない愛しあうみたいにだるく知らせてほしい

まんなかに落とすはなびらバスタブであなたは冷えを感じはじめる

あたたまりゆくごま油この先のわたしが足をなくしたとしても

生きていくためにコンビニコーヒーを飲むよこころは春の薔薇だらけ

宗教は知らない　ぬるめのお湯が白湯　こぶしちいさいあてにならない

甘くない赤飯。たべにくい。川原に祈ってるひとがくっつきあってる

うまく生きたいスマッシュヒットver

いなくてもいいって言った　しめ鯖が乾いていくのふたりでみてる

テーブルががたついていてレシートをたくさん挟んできたまま帰る

投げつけたものの数だけ好きである。年老いた犬投げないけれど

シーツ敷くまえに眠ってしまってたふえるわかめをふやしすぎてる

ひとごとに思えないこのチャーハンの白いご飯がまざってること

はさまった服を引っ張ったら破れ、その辺ずっと破れつづける

噛み砕く飴のゆっくり夜があけてわたしはいつ服を着ればいいのか

きこえない

ひらいてるならそこがドア。夢見がちなんだねえって中からわたしが

教会の讃美歌を聴くムーミンの悩みはごはんが単調なこと

バッティングセンターのゲームコーナーであそんでばかり　すこしこわいよ

いままでの普通がわたしには苦痛　海の日のタクシーは呼べば来る

ざわついたところで話すきみたちの声きこえない　いつ殺される？

楽しかったな

モンブラン　あなたが足首をひねって、わたしはひねっていない状態

ぬれせんべいぬらさないでよピッチャーの多すぎる野球あちらこちらで

夕暮れと呼べる時間はみじかくて初手天元がすごいんですよ

なんなの　じゃがいも　なんなの　こふきいも　なんなの転校初日の校長室は

水に流すって流してきた感情が逆流してる　いとこの娘

月がありうれしい　コントの小道具が壊されるため作られていく

はんぶんとちょっとの月だ　生前葬　器用な足のうらで服を寄せる

月がはんぶん居酒屋をはんぶん捨てましょう　愛のかたちをうすめるひとたち

はやすぎる脈をプールに持ち込んでそのまま泳ぐ鯉に抜かされ

生きていきたい　他人の家に枇杷があり剥き方はおしえてもらえない

塩胡椒まぜたら味塩コショウという。身長はすこしずつのびるのに。

献血の部屋のあかるさコラーゲンボールだらけの鍋　起きて

春の夢

遠巻きに見ているキャンプファイヤーのキャンプといえばすべて許すの

屋根に乗るおどけたおじさんが消えても誰も探さなかった早春

ラーメンのにおいが鼻に残っている　あなたのレゴを壊してしまう

暗幕のほつれ切れているくちびる夕焼なら盛り上がるってださい

グリーングリーンわたしの家が見下ろせるところに住んでなにがたのしい？

どこまでも円周率をいえるからＢＧＭとしてきいててね

電球をたくさん吊るす喫茶店あなたがすべてにぶつかるように

それからは専門学校生としてひとのからだを曲げて暮らした

わたしたちこのままでいいのかなって洗剤を買い換えまくってる

みんながみんな花粉症ならそれでいい　いいのか？　ゆうべ、セルゲームした

あまい夜だったからスーパーフィクション暗幕の裏側で笑い声

はじまっている　ピノがふた粒なくなってかわりに雪見だいふくがどん

協調があってそれには触れないよフランス料理みたいな料理

長い川だったそんなの知らなくてちょっと連れ添うだけのつもりで

ねむれない夜ねむらせるための声とっても非常ボタンが多い

寿司　つめたい　こどもたち走り回って通夜のバターに

この道に桜があるって知っていた手首から先ときどきなくなる

スタンドバイミーのあらすじ書いて春はまだ続くのだろうボートの多さ

停電のようには夜はこないのでドリンクバーには野菜ジュースを

アジアってどこまでですか天井に映画をうつす機械を殴る

飛んでいくレジュメせんせいありえない先生はありえるよ言い直そうね

身から錆みたいに手から海老が出てぽんぽん揚げるわたも取らずに

春の夢てりやきチキンサンドから飛び出してくるてりやきチキン

ぽわぽわの静電気はかわいいなって思うエディプス・コンプレックス

おてがみを書くよ書いたら捨てちゃうよ届いたか聞くからうなずいて

実感のないままユー・エフ・オーに乗る　喉以外にも仏いるでしょ

変装をして学校に行ってみる英語の発音がすこしよくなる

アキレス腱以外の腱をしらなくてアキレス腱ばっかり伸ばしてる

泳いでる浅いプールでほんとうに浅くて花びらがうごめいて

手をあげてあてられなくてまたあげるミートボールが丸くあること

夜明けまでここでねむっていいですかあなたはねむらないでくださいね

紐を編む趣味があったらいいのにね　あるの？　列車が駅をとばした

そうだった、わたしは足がおそくってあなたはもっと、桜桃の花

花が散るサフランライス正直に話そうよって言われる予感

正解はＣＭのあと永久歯ぬいてしまえよさみしくなるね

あせらない　蛍光灯がぱちぱちとあなたをよくしてあげようとする

あなたのことだよって言われてはっとさせられる　星のカービィスーパーデラックス

教会の椅子があるカフェご実家は教会ですかちがうんですね

しなくてもいいことばかりしていたいさすらいメルツェンつけ爪をとる

希望とはわたしがいなくなることだ天窓がよごれるのいやだね

月おぼろあなたなに言ってるのって言われあきたよ水は透明

3　ほんとに夏

さわらないでよわたしの手

サーバーが落ちてアクセスできなくて元素の周期表がすずしい

いつか愛してあげるって誰にも言ったことがないけど右フックすごくはやいの

ワープ・ホールに落ちちゃった!色が全然ない。生け花から色を抜いたみたいな。

ぬるい海　野球のルールがわからないひとと相撲をとってわからせる

おわりそうにない夏

ほんとうに腕なのかってうたがって竜宮城にもっていく暇

整体の施術台　あなたのエピソード、韓国映画みたいな色合いだ

さわってばかりいるさくらんぼ食べなさい背中に汗ひとつずつに種

水槽があちこちにある学校に通いたくない指紋がこわい

いなくてもいいひとであるわたしにはボールチェーンが手に山盛りに

さようならってくしゃみして台無しにする！蝶番うばってにげる！

たまごかけごはん好きです。白身とか黄身とかなんで夏ははやいの

不眠症　ひとの声が2倍きこえることはなくなって大きい団地

暴力が振るわれてるのを見てる駅前バード・ウィーク終わる

ともだちが緑の壁の店にいてアイスコーヒーが透けていないよ

テーブルに瓶が並んでつかわないけどよけなくてせまいテーブル

おしゃべりがすぎる　２度揚げるからあげ　せつないとき白っぽくなる衣

花柄のシャツから花が生えてくることはないです。つめ、伸びてるね

人じゃないみたいに

さわらない　手がくっついてしまうから　やさしい獣はどこまでけもの

無花果の種があるから無花果は無花果と定義されるよ　手が遅すぎる

上着には中国の川がついていてあちこちにぶつけてしまってる

採血が何回もありゆうれいも血を抜かれてるただしい治験

西海岸みたいな海がわたしにも用意されてる予感と時間

人間じゃなくてもあなたはあなたただよちいさいいちごすべての季節に

チーズケーキ・ラヴ・すごく・たくさんの　体が軽い日に海がある

おじさんがおじさんを呼ぶちょっとした触り方がわたしはできないよ

時間からくずしていこうクレーンが夜を遊んでいてずるいんだ

霧ヶ峰というエアコンたまにくる宗教のひとに教えてあげる

畳の目とはなんなのかやわらかい車があれば事故がかわいい

アロマディフューザーってアロマを吹いてくるやつでたまにつるむのにはわるくない

車から降りてくるひとおおすぎて、乗りなおすことができなさそうだ

自分ちと海の見分けがつかなくてずっとお風呂に入りつづける

うつくしいジャズ

レコードの会社の人がていねいに溝をつけていくうつくしいジャズ

尾をひいて流れていた　でしょう？　天才みたいなあなたこわれて

蠟燭をあおいで消すことができない　はさみは斜めに進んでいくし

くしゃくしゃの和紙が燃えてるレコードが流す音楽にも火がうつる

ながすぎる biography 手懐けるようにしてあなたを知っていく

信仰をしないわたしの信仰

愛するを押しつけられて天の川たすけて開いたり閉じたりする鶴

手をつたう水のわたしっぽくなさとわたしっぽさのあいだに桃が

木苺の種が歯にはさまりながらつぎつぎひとに麻酔をかける

勝手口から逃げなさい遊びではすまない量のきみの抜け殻

爪跡がなおるまでずっと見ていてねチェックボックス郭公つける

行けないとわかってるけど宝箱見えていて新緑で、いやなの

わたし、土踏まずがかわいいんですよ。お水をたくさん飲むからですね。

まかせようと思っているよ手に青葉溢れてて増え続けて夜まで

知らないでいたかったけど暴力はかんたんに季節を超えていく

目玉焼き柄のワンピースを着てる信仰をしないわたしの信仰

ジャズバーの曲はわからないんだけど煙のしみた壁を指差す

おいしい氷がこんなにも生活を豊かにするなんて！熊は食われる

愛さなきゃいけない夜に天丼のさいごの揚げた卵がほしい

駐車場のはじにある中華料理屋のネオンサインがおこす念力

蝶番　そのひとに興味がなくて、漫画を描いてるの知らなかったよ

お通しの値段がわかるようにしてほしいって変な願いかな　あめふる

延滞をしてはいけない資料ほどしてしまうやわらかい海にいて

炎天下歩きつかれてさんざしのドリンク売りの妖怪の尻

あなたには興味があるよぶあつくてかわいい犬のトイレットペーパー

点線を切ってわたしが切られてるみたいに夜のほそすぎる川

骨はいつか液体になるのだという　おねえちゃん　覚えてるひといないか　野分

土曜日のドトールは混んでいて、雨が降ってないのにみんな濡れてる

じゃがいもを掘るスコップでつき刺したじゃがいもに恨まれて長江

フォーに散るフライドオニオンふやけてるじわっとわたしは教師になれない

セカンド・サード・フォース・オピニオン　くだものを震える手で洗ってもまだ

好きでいてくれるなら好き　差別しないことが差別につながる映画

バームクーヘンがパニック映像に使われていて野暮なフォンダン

3分でできるラーメン・いなくなるひと　どちらともわたしは許します

騒いでるすがたが雨にちかづいてたまり醤油がたまりにくいの

責めないでください色が混ざりおり誰でもいいならわたしが殴られる

背中には刺青がありちょうどいい大きさの湿地帯になってる

ピータンのことを信用していない　騒がしい夜は爪が折れちゃう

通過する電車にいちご牛乳を飲んでるひとがいた！しにまくる蟬

夕暮れに鳩とんできて空欄に自由記述をながく書いてる

つまらない　微熱があって古事記にはだれが強いか載っているはず

硬い柿踏んでしまって背がちょっと伸びた気がする　浮気をしない

ちいさくてかわいいひとが指先を噛んでくるから潰してしまう

血眼のひとはいつかは治るらしいその眼でスプリンクラーをうごかした　水

あつすぎる夏でしたってまさかりを振りおろしては時間がもどる

4　どうしようもない春

暮らしていく

さかのぼり源氏のころの猫であるあなたは春になるたび鳴いた

目玉焼きたまには服を脱がないでするのもいいねと言えば春霖

真空をつくる機械を使うから静かにしてと言われて黙る

あちこちに脱ぎ捨てた服あちこちに服を脱いでるあなたの姿

やわらかい髪を染めないでください　あとはこっちでやっておくから

窓際にヒヤシンスあり粉薬水に溶かして飲んではいけない

庭のない暮らしに慣れて春驟雨ねむるため飲む薬は苦い

ゆっくりと値札を剥がす家族には言えないことを思い浮かべて
シーズニングスパイスを振りつかれたら横になりそのうち起きて振る

みがいたらつやつやになる炊飯器また会いたいと言われてみたい

どこからかラジオが聞こえてきて空気階段ですと自己紹介する

青色の名曲喫茶くちびるの端にほくろがあり生きている

ピアニストになりたいのなら花冷えに散らした紙を集めてきなさい

コーヒーは深煎りがよくさんざんな夢ばかりみたあとに読む歌詞

晴れている　いらない果実買ってきていらないのにと思いながら食う

デニーズに飾られている抽象画たまには顔を見せにいきます

夕焼がおそろしいのでクリームをたくさん盛っていただけませんか

警官の帽子の中にある地図を広げてみればまだ知らぬ海

はちみつを耳へと注がないでくださいあなたの話は聞こえています

聴力の検査さざ波ではじまり小さな村に不穏ひろがる

灯籠を倒したことはないけれど揺らしたことはある　あやまって

色のついた麺の打率を越えたくてあの子は麺になってしまった

くりかえし放物線になっている手首からこぼれ落ちていく砂

遠浅の海にひたした足がなくなっていく帰らなくちゃいけない

開演の前に流れる映像が淡すぎてビールがすすまない

わたしにも故郷があって映画では最果ての地として描かれる

つめたい手だからもう会えないだろうビデオテープをためておく部屋

寝返りをうてばあなたにぶつかって毎年同じように咲く薔薇

クレープを四角くたたむじっとりと汗かきながらしている　雨だ

ねこだましされてそれからなにごともなく暮らしました　星が流れる

知らない人にならないで

花婿にこんにちはって言いにいく　ありがとうって言われて困る

身長が伸びればいいねと言っちゃってごめんねわたし鶴になりたくて

階段が斜めになっていてみんな祈りのようにご飯を食べた

成人の女性に必要なカロリー何千だかをとれば寝ていい

するするとほどける服を着てしまい来ないねクール宅急便が

常夜灯　ハガキ職人のことばを借りればみんな童貞になる

税金を払いたくない春雷のやさしいひとは信じられない

ＷＯＷＯＷのアニメみじかい集中をしないと曲げられないよスプーン

春の雨まっすぐ降ってプリーツのスカート流行る金色のやつ

正しくは点がひとつ多いんですでも別になくてもいいんです

いろいろな蛇口があってかんたんに殴れるものを買う暮の春

うすまっていくジュース飲むすこしだけ熱があるから鳩とばないで

傍点に意味をもたせすぎてないか　軽作業ってつかれる作業

でまかせを言わない身体がほしくって水のお風呂に入りつづける

よくしようようよくしようようって水中にラムネを投げてよくしないでよ

暗礁に乗りあげている　クラゲくる　クラゲのような助け舟くる

January February March これから耳の検査をはじめ April

これからの杏仁豆腐どうでしょうすべてわたしに任せてみるのは

謎かけをもちかけられて言えなくてそのこころはってだから謎だけ

ベーグルにやさしくしたい噛みちぎるときに狩猟の気持ちがよぎる

たのしみな苺を煮潰してしまってテレビデオならあなたに会える

自転車がぶつかって事故　肉団子甘酢をこぼさないように嚙む

ヒヤシンス水をかえるのを忘れて夕刊が来る二軒分来る

二階にはだれも住ませていなくってときどき踊るような足音

春の海すっかり白くなった腕　にくんでいないひとりひとりは

セーブするリロードをするきみたちはずいぶん雑な数でできてる

ゼリー目を開けて食べるよゼリーゼリーさくらんぼの種やっかいだよね

あますぎるキャンディ痺れやすい腕なおるまで待つあいだもあまい

だれひとり車を持っていないから春の霰のドライブできず

気にしないで、気にしないでって言ってから気にされなくてかなしむんじゃない

イベントの後のけだるさたこ焼きのためにに切られたぶつぎりの蛸

いまさらのような雪解ここにしかないイオンだと信じればそう

全身が光りはじめる前に逃げてみんなは光るものがすきだから

具を挟みすぎたサンドウィッチに名前をつけて売ってすごいね

歴代の総理大臣が言えたらスーパーファミコンつよくなりますか

炊飯器投げられて痛かったこと　中にお米が入ってたこと

グラスビールは春のものって言い切れる　人混みをちゃんともどってこれる

擦れているガードレールたまに息が荒くなるのはわたしだけかな

きみたちのダンスダンスレボリューションは見てられない　しかしわたしもできはしなくて

パラシュートおりてこないでこっちにはやってこないで　くる　笑うなよ

てきとうに配られた菓子おいしくてくやしいもうひとつ食べたい

剥くようにバームクーヘン食べるひとばかり集まっていてはいけない

優勝はあなたでしたと過去形で言われて過去もよろこんでます

労働に向いていなくて店頭のサンプル持って山のぼりする

あおむけでねむっていたらうつぶせの封筒が来てお金を払う

せーので渋滞の列を抜け出そう生命線のみじかいからだで

みんなが生きているのと同じサイエンスフィクションの世をわたしも生きてる

花束をありがとう　振り回したら雲がなくなると思ったんだ

シャンパンのグラスに水を入れていてほんのすこしの泡のつぶつぶ

だからあなたなんだよ鉛筆の芯を手のひらに残したままの

井口可奈　いぐちかな
１９８８年北海道生まれ。東京都杉並区在住

歌集 わるく思わないで　発行日 ２０２４年４月29日　第一刷発行
著者 井口可奈　発行人 真野少　発行所 現代短歌社
〒６０４－８２１２ 京都市中京区六角町３５７－４三本木書院内　電話０７５－２５６－８８７２
装訂 かじたにデザイン　印刷 亜細亜印刷　定価２７５０円（税込）
ISBN978-4-86534-474-5 C0092 ¥2500E

gift10叢書 第56篇

この本の売上の10%は
全国コミュニティ財団協会を
通じ、明日のよりよい社会の
ために役立てられます